AF249818

Collection Phospho Cacao
L'EDELWEISS
par
BERTHE MEUNIER

L'EDELWEISS

ous dites que l'on ne fait plus l'ascension de la Dent-de-Fer?

— Non, personne n'ose plus s'y risquer, depuis que plusieurs accidents y sont arrivés. Notamment, il y a deux ans, un jeune ménage s'est perdu dans la montagne avec son guide; leurs corps n'ont jamais été retrouvés, ils sont à jamais ensevelis dans les neiges éternelles.

Un silence se fit dans la salle à manger de l'hôtel où ce dialogue venait de s'échanger entre deux convives qui achevaient leur repas à une table particulière, mais le ton de la voix des deux interlocuteurs avait été assez élevé pour que tout le monde présent eût entendu leur conversation.

A quelques pas d'eux, une femme blonde avait relevé la tête et les fixait d'un regard étrange qui finit par les obséder; les deux voyageurs se consultèrent à voix basse et se levèrent pour gagner le salon tout proche. La dame les y suivit:

« Je suis Miss Margaret Brackson, de Liverpool, leur dit-elle en s'avançant vers eux; je demande pardon à vous de vous déranger, mais j'aimerais beaucoup que vous me répétiez ce que vous disiez tout à l'heure, au sujet de la Dent-de-Fer. » Les deux touristes, devant le sourire de l'Anglaise, acquiescèrent de bonne grâce à sa demande et lui redirent le drame qui rendait timides les plus audacieux alpinistes. « J'aimerais beaucoup faire cette ascension, leur dit-elle, connaissez-vous un guide qui pourrait venir avec moi? Je paierais beaucoup cher.

— Non, lui répondirent-ils, mais le gérant de l'hôtel pourra vous renseigner certainement sur ce point. — Je vais le trouver tout de suite, répliqua Miss Margaret, après avoir salué fort gracieusement, en s'en allant, les jeunes gens.

— Elle est charmante, dit l'un d'eux, mais je crains que son esprit téméraire et intrépide ne l'entraine dans une fatale aventure.

— Si nous l'empêchions de mettre son projet à exécution, observa l'autre, en lui démontrant les conséquences redoutables qui pourraient résulter de son capricieux entêtement.

— A quoi bon? reprit le premier, Miss Margaret est Anglaise et femme, ni Dieu, ni diable n'y feraient rien; ce qu'elle a résolu, elle l'entreprendra, en dépit de tout et de tous. Ne nous mêlons pas de ce qui ne nous regarde pas, et puis advienne que pourra, conclut-il, dans un geste d'indifférence. »

Pendant que les deux voyageurs s'asseyaient à une table de poker, Miss Brackson interrogeait le gérant, dans le bureau de l'hôtel : « Enfin, disait-elle, puisqu'il existe encore un guide qui connaît la Dent-de-Fer, pourquoi ne pourrait-il m'accompagner? Je ne crains pas le danger, il m'attire, au contraire, et les difficultés que je rencontrerai ne sont faites que pour me plaire. D'ailleurs, je n'ai pas l'habitude de discuter avec personne, je fais ce que je veux, envoyez chercher cet homme. » Le gérant appela le chasseur, qui partit aussitôt pour se rendre à la maison du guide, située à l'autre bout du pays. Il revint une demi-heure après; ce dernier refusait de venir, sa femme étant alitée d'une grave maladie.

« Quel contretemps fâcheux, dit l'Anglaise instruite de ce refus; mais j'y songe, faites-moi conduire chez cet homme. Là, je m'expliquerai avec lui, et nous verrons bien si je ne le décide pas à m'accompagner dans mon excursion. »

Le chasseur refit le même chemin parcouru tout à l'heure, en compagnie cette fois de Miss Margaret. Quand ils arrivèrent devant la pauvre maison, ils trouvèrent un petit garçon qui pleurait, assis sur le pas de la porte :

« Qu'as-tu donc, mon ami? lui demanda l'Anglaise.

— C'est maman qui va plus mal, répondit l'enfant entre deux sanglots.

— Nous allons voir cela », dit-elle en frappant légèrement l'huis qui s'ouvrit aussitôt.

QUAND ILS ARRIVÈRENT, ILS TROUVÈRENT UN PETIT GARÇON QUI PLEURAIT.

Miss Margaret resta quelques instants immobile, devant le spectacle désolé qu'elle avait sous les yeux.

Dans un coin de la chambre, un lit aux draps de grosse toile bise portait une femme, dont la figure émaciée grimaçait sous la souffrance d'une toux déchirante. Au pied du lit, un berceau était posé en travers, où était couchée une petite fille d'environ dix-huit mois, qui ouvrait de grands yeux étonnés à l'apparition des nouveaux venus, tandis que le guide, tout en roulant sa casquette dans ses mains d'un air embarrassé, interrogeait du regard le chasseur muet.

Ce fut l'Anglaise qui rompit la première le silence pesant de la pièce : « Qu'a dit le docteur? » demanda-t-elle au guide, dont la contraction des traits révélait l'inquiétude. Celui-ci, pour toute réponse, fit un geste évasif des deux bras. « Mais rassurez-vous, cela ira mieux, ajouta-t-elle, montrez-moi l'ordonnance du médecin, que je voie si vous l'avez bien appliquée. » Le guide alla la chercher dans un tiroir d'une vieille commode

LE CHEVAL DISPOS TROTTAIT D'UN PAS ÉGAL.

délabrée, et la tendit à Miss Margaret, qui, après l'avoir lue, lui dit : « Faites-moi voir les bouteilles des médicaments prescrits, je ne les aperçois pas auprès de la malade. — C'est que, c'est que, balbutia le pauvre mari, je n'ai pas d'argent, et, et... » La fin de sa phrase s'étrangla dans sa gorge. — « Aôh ! malheureux homme, s'écria l'Anglaise, donnez vite l'ordonnance au chasseur, qu'il aille la faire exécuter par le pharmacien; je donnerai la somme nécessaire à son paiement. »

Au bout d'une demi-heure, le chasseur revenait avec la pharmacie, tandis que l'Anglaise s'instituait infirmière, posait un vésicatoire à la femme du guide, et passait la nuit pour la soigner :

— Aôh ! dit-elle en voyant la malade dormir tranquillement le lendemain matin, maintenant, guide, nous allons pouvoir causer de ce qui m'avait amenée vers vous hier soir. Je venais vous demander de me conduire à la Dent-de-Fer, il paraît que vous en connaissez le chemin admirablement.

— Bien sûr, que je le connais, mademoiselle, mais il n'est guère commode à gravir pour une femme en jupons comme vous.

— Aôh ! je mettrai ma culotte de cycliste ; j'avais l'habitude de faire des sports, comme un garçon, répliqua Miss Margaret, je ne crains rien.

— Et ma femme ? interrogea le guide.

— Votre femme ? Mais combien la montée et la descente de la Dent-de-Fer demandent-elles de temps ?

— Une douzaine d'heures avec les repos ; il faut bien compter cela, mademoiselle.

— Eh bien, je viendrai demain à la première heure, je donnerai mes soins à votre malade, et mes indications à votre petit garçon pour la journée. N'est-ce pas que tu soigneras bien ta maman, mon petit ? dit-elle en interpellant le bambin.

— Oh ! oui, mademoiselle, répondit-il, et puis ma petite sœur aussi ; c'est toujours moi qui m'occupe d'elle, depuis que ma maman est alitée.

— Voilà qui est parfait. Vous consentez à m'accompagner, guide ?

Ce dernier hocha la tête d'un air ennuyé, réfléchit, et dit : « Eh bien ! non, décidément non, je ne puis pas laisser ainsi ma pauvre femme, mademoiselle ; je le regrette, croyez-le bien, mais je ne le puis pas.

— Deux cents francs pour vous si vous venez, proposa l'Anglaise.

— Accepte, commanda d'une voix faible, la malade.

— C'est bien, dit-il simplement, j'irai. »

Ils convinrent de l'heure du départ pour le lendemain, et Miss Margaret rentra à son hôtel, tandis que le guide sortait dans la cour, pour s'occuper de n'importe quoi, afin d'oublier son anxiété.

Dans la chambre de la malade, un rai de soleil venait frapper le berceau de la fillette et se jouer dans les bouclettes brunes de ses cheveux. L'enfant était debout sur son lit, et sa tête mutine passait par l'entre-bâillement des rideaux : « Lonlon », appela-t-elle, en tendant les bras à son frère, de huit ans plus âgé qu'elle. Ce dernier posa le seau plein d'eau qu'il venait de chercher au puits, enleva la petite fille, et la déposa sur une chaise : « Attends, ma mignonne, lui dit-il, je vais te débarbouiller, t'habiller et faire ta bonne soupe ; embrasse-moi, ma jolie Annette. » L'aimable fillette passa ses petits bras potelés autour du cou de son grand frère, et lui déposa sur la joue un baiser bien doux de sa bouche fraîche et vermeille : « Maman ? interrogea-t-elle. — Maman s'est endormie ; chut, ne faisons pas de bruit. » En silence, Lonlon fit la toilette de sa petite sœur ; puis il alluma le feu avec quelques brindilles sèches, prit un poêlon et confectionna le déjeuner fraternel avec du lait et du pain.

Maintenant, Annette, dans sa chaise haute, était devant la table de bois blanc, son assiette fumante devant elle, attendant avec impatience la cuillerée de la soupe succulente que son frère lui faisait manger lentement.

Et c'était un charmant tableau de voir les deux bambins l'un à côté de l'autre, échanger des regards chargés de tendre sollicitude et d'affection reconnaissante.

Un coup frappé à la porte fit lever Lonlon ; il alla ouvrir. Le chasseur de l'hôtel remit à l'enfant un panier rempli de plusieurs choses que Miss Margaret leur envoyait : le contenu en fut vite inventorié ; il se composait d'une bouteille de vin fin pour la malade et de quatre boîtes qui intriguèrent les enfants. Lonlon savait un peu lire, il dit tout haut, en parcourant l'étiquette d'une des boîtes : « Phospho-Cacao. » — Ce doit être pour maman. » Puis il lut sur la seconde : « Phospho-Bébé. » — Ça, c'est certainement pour toi, Annette. » Puis, passant aux deux dernières boîtes plus petites, il vit : « Croquettes de phospho. » — Ça, c'est à coup sûr pour moi. Puisque c'est ma propriété, je vais ouvrir la boîte et nous allons goûter à ce qu'il y a dedans. » Et l'enfant, prenant une croquette, la mit dans la main de sa sœurette, dont les yeux brillaient de contentement : « Bon, bon, dit-elle, quand elle eut mordu la délicieuse friandise. » Et, pour mieux affirmer son avis, elle frappait sa poitrine de sa petite main aux doigts écarquillés : « Oh ! oui, c'est bon, renchérit Lonlon, si tu es bien sage, je te donnerai tantôt une autre croquette. — Vi, vi, dit la petite fille, en faisant bravo, de toutes ses forces. »

Le lendemain était arrivé ; Miss Margaret allait, diligente par la chambre, faisant ses recommandations à Lonlon, encourageant la malade et caressant Annette. Bientôt l'heure du départ sonna, le guide fit ses adieux aux siens et monta dans la voiture que l'Anglaise avait louée pour se rendre avec lui au pied de la Dent-de-Fer.

autant que la route serait praticable. Le temps
était propice à l'excursion, le cheval, dispos, trottait d'un pas égal, en faisant tinter ses sonnailles.
Des rochers surplombaient le chemin par instants, et mettaient de-ci de-là de grandes taches
sombres sur la route blanche de soleil. Au pied
de celle-ci, à droite, un torrent mugissait au fond
d'un ravin en déroulant une eau claire écumante.
De grands sapins couvraient la crête des collines
voisines qui servaient de contreforts aux mon-
tagnes, et dont les cimes neigeuses s'élevaient
fièrement plus loin dans le ciel.

Bientôt la route se rétrécit, devint montueuse,
et la voiture qui la suivait n'avança plus. Le guide
et l'Anglaise en descendirent; celle-ci donna ses
instructions au cocher, qui devait revenir les
chercher, et les deux voyageurs disparurent dans
un sentier de chèvre, bordé de roches moussues,
qui contournait la Dent-de-Fer jusqu'à une
certaine hauteur. Le guide avait emporté une
corde solide pour lier Miss Margaret à son
propre corps, en laissant entre eux une légère
distance, pour franchir la dernière ascension
périlleuse de la montagne dont le pic était fort
abrupt.

L'Anglaise, aidée de son alpenstock, suivait
allègrement le guide et s'arrêtait de temps en
temps pour admirer le paysage, qui, à chaque
tournant, se révélait à ses yeux. Il y avait déjà
deux heures qu'ils montaient, montaient toujours.
Miss Margaret demanda un instant de repos et
s'assit au bord d'un précipice, dont on apercevait le fond si bas, qu'il était impossible de dis-
tinguer de quoi il se composait. C'était un amas
inextricable de choses entremêlées, un véritable
chaos qui rebutait tout examen.

Plus haut, des broussailles et des arbres, pous-
sés là on ne sait comment, en garnissaient les
parois escarpées.

L'Anglaise se complaisait à sonder le gouffre
du regard. Tout à coup, elle poussa une excla-
mation joyeuse : « Un edelweiss, dit-elle, en
montrant au guide une fleur blanche, qui étoi-
lait une petite place d'ombre, je voudrais le cueillir. — N'essayez pas, mademoiselle, l'endroit
est trop périlleux ; c'est ici précisément et pour
cette même cause que s'est perdu le jeune ménage dont vous savez la triste histoire. — Il fallait qu'ils fussent bien maladroits, car moi, je
me fais forte d'aller prendre cette fleur sans la
moindre difficulté, répliqua Miss Margaret. —

Je vous en prie, dit le guide, ne le faites pas. —
Je ne fais que ce qui me plaît, affirma l'obstinée
fille; je prendrai mon alpenstock par la crosse,
vous le tiendrez par le bout, en restant dans le
chemin ; si je tombe, vous m'attirerez à vous,
voilà tout. » Le guide voulut attacher la corde
autour de la taille de l'Anglaise, qui s'y refusa
en riant ; elle en avait fait bien d'autres, sans
prendre tant de précautions, et jamais il ne lui
était arrivé quoi que ce soit de fâcheux. Elle
avait une immuable confiance en son étoile,
rien ne la détournerait de son projet.

Rien ne l'en détourna, en effet. A peine avait-
elle mis celui-ci à exécution, en se laissant glis-
ser le long de la partie supérieure du précipice,
que la touffe d'un arbuste qui servait de point
d'appui à un de ses pieds se détacha, sous le
poids du corps de Miss Margaret. Le guide, en
sentant la secousse imprimée à l'alpenstock,
voulut le retirer à lui, mais la soudaineté de
cette dernière l'empêcha d'user utilement en
arrière de sa force ; il se vit entraîné avec l'Anglaise dans l'abîme, avant d'avoir eu le temps
d'une réflexion. Pas un cri n'avait été poussé ni
par l'un ni par l'autre : une feuille tomba, une
branche craqua, ce furent les seuls bruits qui
vinrent troubler le morne silence de la montagne, en ce fatal instant.

Laissons le jour se passer, la nuit envelopper
d'ombre et de mystère ce lieu de désolation, et
revenons à la pauvre maison du guide, où nous
avons laissé sa femme et ses enfants.

Tout était joie dans la chambre si triste hier ;
Lonlon allait, actif, de la cheminée au lit de sa
mère, pour lui porter une excellente bouillie au
« Phospho-Cacao » que Miss Margaret lui avait
apprise à faire avant de partir. Il fallait remonter
les forces épuisées de la malade, et l'Anglaise,
sur le conseil du docteur, avait pensé qu'on ne
pouvait rien employer de mieux dans ce but, que ce
produit aussi délicieux qu'efficace. Le petit cuisi-
nier rougit de plaisir, quand il vit sa maman
trouver trop petite la ration qu'il lui avait servie ;
c'était la première fois, depuis quelques jours,
qu'elle prenait goût à avaler quelque chose. L'enfant était heureux de le constater, sachant que
le salut de sa mère était lié à la reconstitution
de sa force vitale.

La petite Annette allait et venait par la pièce,
en promenant une minuscule poupée, qui avait
perdu un bras et une jambe et qui, peut-être

L'ANGLAISE SE COMPLAISAIT A SONDER LE GOUFFRE DU REGARD.

même pour cette raison, était choyée comme la plus jolie poupée du monde.

Quant à la malade, elle glissait de temps en temps sa main sous le traversin de son lit, pour en tirer deux jolis billets bleus, qu'elle ne cessait de retourner et d'admirer.

Ces deux cents francs, payés d'avance par Miss Margaret, représentaient le bien-être de la famille pendant quelques mois; le pain quotidien assuré, il resterait encore quelques économies qu'on mettrait de côté sagement.

L'après-midi passa, la nuit tomba, huit heures sonnèrent à l'église du village. « Lonlon, appela la femme du guide, à quelle heure ton père est-il parti ce matin avec l'Anglaise ?

— Huit heures, maman ! — Alors, dans quelques instants, il devra être ici, à la demie au plus tard, prépare la soupe, mon petit. »

Pendant que l'enfant se mettait en devoir d'obéir à sa mère, celle-ci s'assoupissait aussitôt et l'on n'entendit bientôt plus dans la chambre que le crépitement de la flamme du foyer, le chant

QUATRE HOMMES FIRENT UN BRANCARD DE LEURS BRAS.

de la marmite en ébullition, la respiration saccadée de la malade, et celle imperceptiblement douce de la petite Annette, couchée depuis une heure déjà. « Papa ne vient pas vite, pensa Lonlon, quand il entendit sonner dix heures ; pourvu que maman n'aille pas se réveiller ; tiens, je vais éteindre la lampe, comme cela, si elle ouvre les yeux, elle croira que papa est rentré et que tout le monde dort. » Quand l'obscurité fut complète, le petit garçon alla s'asseoir sur une chaise, près de la fenêtre : il regarda au dehors, la route était sombre, par cette nuit sans lune. Quelques lucioles dans l'herbe du talus voisin mettaient seules des lumières dans les ténèbres des choses. Une chouette vint frapper de la tête contre la vitre : « Veux-tu bien t'en aller, oiseau de malheur, » dit tout bas Lonlon, impressionné par la présence du triste animal qu'il avait deviné sans le voir. Ce dernier, comme s'il avait compris, se retira aussitôt pour revenir, une heure après, refaire le même tic-tac sur la vitre frissonnante. Cette fois, le jeune Lonlon, apeuré, laissa couler sur ses joues les grosses et brûlantes larmes qu'il avait pu retenir jusqu'ici : « Ton père est rentré ? cria une voix faible au fond de la pièce. — Oui, oui, maman, dit l'enfant, dors tranquille. » Et l'infortuné petit prit un coin de sa blouse qu'il mit dans sa bouche pour que sa mère n'entendît pas ses sanglots.

Une à une sonnèrent les heures de la nuit, puis celles du matin, et quand le jour vint éclairer la fenêtre de la maisonnette, quelqu'un qui eût regardé ce qui se passait derrière elle, eût vu sur une chaise un enfant de dix ans, pâle et défait, qui dormait.

Un troupeau passa avec la musique de ses clochettes ; Lonlon sursauta, ouvrit les yeux, les ferma, ébloui par la clarté resplendissante qui l'environnait ; quand il s'y fut habitué, il se leva, réfléchit, et à pas de loup alla droit au lit que son père occupait depuis que sa femme était malade, et, dans le même instant, Lonlon pensa : « Peut-être papa est-il revenu sans que je l'aie entendu ? » Hélas ! le lit vide, aux draps bien tirés, ne lui laissait plus aucun espoir : le guide n'était pas rentré.

Le petit garçon ouvrit doucement la porte de la maison et courut comme un fou jusqu'à la mairie du pays, où il expliqua son cas angoissant. Aussitôt que l'événement fut connu de tous les habitants, dix d'entre eux se proposèrent pour aller au secours des alpinistes qui, suivant leurs prévisions, devaient se trouver en péril sur la meurtrière Dent-de-Fer.

Munis de cordes et de crampons, les braves gens prirent des voitures qui les amenèrent quelque temps après au pied de la dangereuse montagne. En file indienne, ils gravirent celle-ci d'un pas sûr et s'arrêtèrent sur la commande de l'homme qui tenait la tête de la file : « Là ! » dit-il, en tendant la main. Tous regardèrent : un corps d'homme était étendu en travers du chemin, ils l'entourèrent bientôt : « C'est lui, dit l'un d'eux, respire-t-il encore ? — Oui, dit un autre, qui s'était penché sur la poitrine du guide, son cœur bat, passe-moi ta gourde. » Et l'homme versa quelques gouttes de l'eau-de-vie qu'elle contenait dans sa main, puis frictionna la figure et les mains du guide qui ouvrit enfin les yeux :

« L'Anglaise ? questionna-t-il d'une voix étranglée. — C'est vrai, murmura l'un des paysans, il faut la rechercher, elle, maintenant. »

Il se coucha sur le sol pour examiner le précipice ; au bout d'une minute, il releva la tête et dit simplement : « Elle est là. » On apercevait en effet la malheureuse, suspendue au-dessus de l'abîme et posée, par le milieu du corps, sur un tronc d'arbre qui l'avait arrêtée au passage. Elle ne bougeait pas ; était-elle morte ou vive ? Nul ne pouvait le dire. Un homme s'attacha lui-même une corde autour de la taille : « Descendez-moi, » dit-il.

Tous les bras se tendirent, la corde glissa roide sous le poids du courageux sauveteur qui remonta, quelques instants après, tenant le corps inerte de miss Margaret.

Pendant qu'on la frictionnait vigoureusement, le guide, qui avait repris complètement ses sens, racontait comment il s'était sauvé. Tandis qu'il discutait avec l'Anglaise pour l'empêcher d'aller cueillir l'edelweiss, comprenant que rien ne la détournerait de son dangereux caprice, il avait prestement noué la corde qu'il avait apportée au gros tronc noueux d'un arbre placé de l'autre côté du chemin, puis, non moins vivement, il avait passé l'autre bout sous son paletot, autour de sa taille ; au moment de la chute, la corde s'était déroulée de toute la longueur que le guide avait laissée entre l'arbre et lui. La descente avait été si rapide que ce dernier avait donné de la tête contre un rocher, et le coup l'avait assommé. Ce n'est que quelques heures après, qu'étant revenu à lui, il avait pu, après des efforts surhumains, remonter le long de la corde et regagner le chemin, où il s'était évanoui une seconde fois ; on savait le reste.

Miss Margaret n'avait pas ouvert les yeux, mais elle respirait encore, elle vivrait.

Quatre hommes firent un brancard de leurs bras, on y coucha l'Anglaise et le cortège descendit la montagne.

Avant de quitter ce lieu néfaste, tous ces paysans, unis dans une même pensée, avaient jeté un regard de haine au gouffre homicide où brillait toujours, à la même petite place d'ombre, la fleur en étoile de l'edelweiss pernicieux.

Histoire d'un Petit Lapin

LA dernière étoile vient de s'éteindre au ciel, dans la pâle clarté du soleil levant. Le bois, teinté de tous les chauds coloris de l'automne, est encore enveloppé du tulle diaphane des brumes matinales, qui pose sur la cime des arbres comme un voile virginal.

De larges tertres gazonnés, où la verdure des genêts met une note sombre, servent de rempart à un fossé situé à l'orée du bois et où coule, sur un lit de cailloux, un mince filet d'eau qui gazouille la chanson des sources.

La rosée du matin a déposé, sur les feuilles des arbustes et des plantes, d'infinies gouttelettes de cristal, qui forment d'innombrables chapelets d'une gemme précieuse, comme déposés là par une divine main.

L'odeur humide des mousses monte dans l'air avec le salut au réveil de toute la gent forestière.

La vie en recommence à la lumière, là où elle finit pour les êtres nocturnes. Une brise légère secoue la tête des grands chênes, qui sont si vieux qu'ils semblent étonnés de voir encore l'aurore d'un nouveau jour. Les oiseaux s'appellent d'une branche à l'autre et échangent d'assourdissants commérages : ils parlent tous à la fois ; chacun a mieux vu que son voisin, chacun sait ce qu'il sait mieux que lui ; les trilles succèdent aux trilles, l'écho les répète et cela réveille les insectes endormis.

Parmi le thym et la bruyère d'une clairière accidentée, une touffe d'herbes hautes et fines s'agite doucement dans un froissement soyeux. Un petit museau en émerge, hume l'air ; une tête le suit, et avec elle un corps, gris et blanc, qui passe en trottinant ; c'est un joli petit lapin de garenne, si menu qu'on dirait un jouet échappé de quelque arbre de Noël. Il s'engage, en flânant, dans un sentier ombreux, s'arrête pour brouter une plante qui lui plaît et se dispose à faire un bond, lorsqu'il s'entend interpeller : « Où vas-tu, petit lapin, roucoule une vieille tourterelle qui a de l'expérience ; pourquoi as-tu quitté tes parents et ton terrier ? Ne sais-tu donc pas que c'est aujourd'hui l'ouverture de la chasse, et qu'il y a danger à t'éloigner des tiens et de ton logis ? Retournes-y vite, jeune imprudent, c'est un bon conseil que je te donne, crois-moi !

— Je n'ai que faire de vos avis, tête chenue, répond le petit lapin, si l'on écoutait tout le monde, jamais l'on ne sortirait de son trou. J'ai soif d'aventures, je rêve d'espace et de liberté. Eh bien, si le péril se présente, j'ai de bonnes pattes pour courir, et mille ruses germeront en un instant dans mon cerveau pour échapper aux mains de l'ennemi. — A ton aise, mon ami, tu as tort de ne pas vouloir m'écouter, voilà tout. Adieu, que la Providence veille sur toi, » redit la tourterelle en s'envolant à tire d'aile. « Quelle folle, pense le petit lapin, ne puis-je donc gambader au gré de ma fantaisie parmi la fraicheur des mousses et des ronciers, suivre le vol d'une libellule, le nez en l'air, indifférent aux obstacles du chemin, sans encourir les remontrances de personnes soi-disant plus expérimentées que moi ? Foin des observations, foin des radoteurs, je veux m'amuser et je m'amuse. »

Là-dessus, le petit lapin fait des bonds successifs, à droite et à gauche, s'arrête pour écouter le frisselis des feuilles et repart de plus belle dans le chemin herbu. Cric, crac, un bruit de branches cassées, un charmant écureuil, à la queue en panache, barre la route au petit lapin surpris : « Tu m'as fait peur, dit ce dernier au rongeur, on n'a pas idée de tomber ainsi sur le dos des gens, qu'as-tu donc ? — Ce que j'ai ? J'ai, que mon oreille, plus exercée que la tienne, a entendu là-bas un bruit de fusillade, et que je cherche une retraite sûre pour échapper au feu meurtrier des chasseurs, qui s'avancent de ce côté. Retourne toi-même dans ta famille, si tu tiens à la vie, j'entends déjà l'aboiement des chiens qui se rapproche, regagne au plus vite ton terrier. Quant à moi, j'aperçois un vieux chêne, dont le tronc vermoulu me servira d'asile, j'y cours, adieu. »

L'écureuil a disparu : « Eh bien, pense le petit lapin, qu'est-ce donc que la bravoure, si

UN CHEVAL SAUTE A SON TOUR DANS LE PRÉ.

cela consiste à s'enfuir et à se cacher au moment du danger? On en parle pourtant au foyer familial, comme d'une noble qualité; il est vrai de dire qu'on ajoute qu'il ne faut pas qu'elle entraîne à une témérité condamnable. Les parents ont parfois des raisonnements d'une subtilité incompréhensible, mais moi, au milieu de ces controverses, je ne distingue que le courage, qui me permettra de triompher de toutes les difficultés. Je suis un petit lapin moderne, qui veut marcher droit dans une évolution nouvelle, je fais fi de tous les préjugés, de toutes les routines surannées des miens, je lutterai, je combattrai, je vaincrai. »
Et le petit lapin s'en va par le chemin, sans se soucier de l'aboiement des chiens et du crépitement des fusils. Il s'en va, humant au passage l'odeur moisie des champignons, et badinant gaiement sur le velours des mousses. Il s'en va, toujours avide d'horizons nouveaux, et arrive bientôt à la lisière du bois, après avoir échappé aux chasseurs, qu'une plus intéressante proie emmène d'un autre côté.

LE CHIEN, D'UN COUP DE MACHOIRE, LUI FRACASSE LES REINS.

Le petit lapin s'assied et considère la campagne immense qui se déroule devant lui ; il pense : « Comme c'est beau, ces plaines à perte de vue, et ces prairies que je vois de l'autre côté de la route. Mais j'y songe, pourquoi n'irais-je pas brouter un peu de cette herbe si fraîche qui me tente? Là, nul danger ne peut m'atteindre, dans cet espace découvert, j'aurai le temps de me blottir dans la haie touffue, aussitôt que j'apercevrai le moindre ennemi. » Et le petit lapin traverse le chemin, franchit le fossé, et saute dans la prairie. A peine y a-t-il fait trois pas, qu'il s'arrête pour écouter un bruit singulier que répète l'écho : « Qu'est-ce donc, réfléchit-il, je n'ai jamais entendu semblable langage dans le bois, à quel être fantastique peut-il appartenir? »

Il n'a pas le temps d'achever sa pensée qu'une galopade retentit sur la route, et un cheval bai-brun saute à son tour dans le pré, en célébrant sa liberté par de joyeux hennissements. Le pauvre petit lapin s'est tapi, tout tremblant, derrière un buisson d'ajoncs; il regarde le grand quadrupède se livrer à ses folâtres ébats : « Pourvu qu'il ne me voie pas, pense-t-il, c'est que d'un seul coup de pied, il pourrait me tuer ; le mieux pour moi est de regagner promptement le bois. »

Là-dessus, le petit lapin profite d'un instant où le cheval est au bout opposé de la prairie, ressaute le fossé et s'engage dans les broussailles qui bordent l'autre côté du chemin. Bientôt un vif froissement de feuilles à terre attire son attention ; un faisan doré, l'air hagard, volette, se pose sur le sol et vient droit sur lui : « Sauve-toi, sauve-toi vite, les chasseurs sont à deux pas, les chiens me poursuivent, je ne sais où aller, je perds la tête, adieu. »

Un coup de feu, un bruit sec, et le pauvre faisan, le crâne fracassé, tombe aux pieds du petit lapin, qui s'enfuit de toute la vitesse de ses pattes, au hasard, sous les ombrages, à travers les fourrés. A bout de souffle, le petit fugitif s'arrête sur une pente, il regarde un accident de terrain à gauche et constate la présence de plusieurs terriers qui y sont creusés. Délibérément, il entre dans le premier qui se présente, c'est le salut momentané pour lui, croit-il, mais à peine a-t-il engagé tout son corps dans l'étroite ouverture, qu'il recule aveuglé par un jet de terre sablonneuse, tandis qu'une série de coups répétés lui martellent la face de cruelle façon.

Une grosse lapine, les yeux furibonds, semble lui crier, en frappant toujours plus fort : « Arrière, polisson, est-ce ainsi que l'on viole le domicile des gens, pourquoi ne vas-tu pas regagner ton terrier? Tu en es loin, dis-tu? Il ne fallait pas le quitter, je ne suis pas responsable de ta désobéissance ; hors d'ici, et que je ne te revoie plus. »

Cette première et si malheureuse expérience empêche le petit lapin de frapper à d'autres portes, qui seraient, il le redoute, tout aussi inhospitalières. Il s'en va, clopin-clopant, harassé de fatigue, la tête basse, et commence à se rendre compte que ses idées d'indépendance pourraient lui coûter cher; il en conclut qu'il lui faut à tout prix retrouver son terrier, dont il a perdu la route. Arrivé à un carrefour où aboutissent plusieurs chemins, il hésite, lequel prendra-t-il? Lequel le mènera à bon port?

Sa perplexité est si grande qu'il ne s'entend pas appeler tout d'abord par une jolie fauvette amie, qui, par l'insistance qu'elle y met, finit par attirer son attention; elle lui chante : « Où vas-tu par là, petit lapin, ce n'est pas à ton domicile sûrement ; depuis ce matin, perchée dans l'arbre qui ombre ton terrier, j'ai vu ta famille en larmes te chercher en vain? Ecoute bien mon chant voleter avec moi d'arbre en arbre, et suis-le, il te ramènera vers les tiens. Ne t'arrête pas en route, car j'entends au loin des coups de feu peu rassurants, partons. »

Et les voilà cheminant par les sentiers ombreux, le petit lapin trottinant, guidé par la voix mélodieuse de l'oiseau, qui se fait, à mesure qu'ils avancent, plus vive, plus pressante, pour éclater bientôt en un cri strident.

A deux pas, là, derrière un arbre, un chasseur est en arrêt, le fusil à la main ; il siffle son chien, dont on entend au loin le son du grelot se rapprocher peu à peu.

Le petit lapin se jette de côté, dans un fourré, dont il ressort aussitôt; il a aperçu, venant droit sur lui, une ennemie terrible, qu'il connaît bien : une belette. Le pauvre animal revient sur ses pas, et voit le chien du chasseur se précipiter à sa rencontre, en aboyant furieusement. Que faire? Que devenir? S'enfuir? S'enfuir toujours au loin, sans regarder derrière soi. Hélas! la belette a compris le mouvement de retraite du petit lapin, elle saute sur lui, toujours courant, et d'une dent meurtrière le blesse au cou; le sang coule en un mince filet qui laisse derrière eux une trace rouge. Le chien les suit au galop dans leur course folle, qui bientôt se ralentit. La pauvre petite victime a aperçu son terrier ; enfin, elle va pouvoir s'y blottir et retrouver la sécurité auprès des siens; il n'y a que trois pas à franchir, mais c'est encore trop. Le petit lapin est à bout de forces, sa tête tourne, ses yeux se voilent, il tombe sur le côté épuisé, exsangue : c'est fini, il est mort.

Il est mort, le petit lapin, pour avoir voulu s'émanciper à un âge où l'expérience des autres aurait dû lui servir d'enseignement. Comme il avait bon cœur, toutes les choses alentour le pleurent, les bruyères secouent leur rosée sur son corps, et les tourterelles viennent y déposer une branche de chêne, en guise de linceul.

Quant à la belette, ivre de sang, elle veut s'en retourner à son logis, lorsque le chien qui l'a suivie se jette sur elle, et, d'un coup de mâchoire, lui fracasse les reins : justice est faite.

Paris — Imp. PAUL DUPONT (Cl). THOUZELLIER, D°